I0551465

ASSOCIATION DES DAMES FRANÇAISES

SECOURS AUX MILITAIRES BLESSÉS OU MALADES

EN CAS DE GUERRE

Et aux Civils dans les Calamités publiques

Siège de l'Association : PARIS, 10, rue Gaillon.

(*Avénue de l'Opéra*).

R.F.

CONFÉRENCE

Par M. le Dʳ BÉNECH

MÉDECIN-MAJOR DE 1ʳᵉ CLASSE,

ATTACHÉ A LA DIRECTION DU SERVICE DE SANTÉ AU MINISTÈRE DE LA GUERRE,

COMMISSAIRE MILITAIRE PRÈS L'ASSOCIATION DES DAMES FRANÇAISES.

SUR L'ORGANISATION DES ARMÉES EN CAMPAGNE

Rôle dévolu au Service de Santé
et aux Sociétés d'assistance aux malades et blessés militaires.

AMIENS

TYPOGRAPHIE PITEUX FRÈRES

32, RUE DE LA RÉPUBLIQUE, 32

1893

RENSEIGNEMENTS

Les travaux de l'ouvroir ont lieu les Lundis et les Vendredis de 1 h. à 6 h., au Siège de l'Association, 10, rue Gaillon. C'est là qu'on est prié d'adresser les dons en nature, vieux linge, vêtements, livres, etc., et les dons en argent.

C'est aussi au Siège de l'Association que se font les cours pour les Ambulancières.

Pour devenir Membre de l'Association, il suffit de payer une cotisation annuelle de 10 fr. ou 20 fr. qu'on versera au Secrétariat, 10, rue Gaillon, contre un reçu détaché d'un registre à souches.

BIBLIOGRAPHIE.

1° *L'Exposition des Dames françaises en 1889. Prix :* **2** fr. avec planches.

2° *Sociétés et appareils de Secours aux blessés militaires*, avec de nombreuses figures et planches, par le Dr GRUBY, membre du Conseil de l'Association.

3° *L'École des Garde-Malades et des Ambulancières,* par les Professeurs de cette École. Cet ouvrage utile à toutes les mères de famille, contient un abrégé d'anatomie humaine, des notions d'hygiène, les premiers soins à donner aux blessés, les soins généraux à donner aux malades, aux nouveau-nés, aux femmes en couches, aux vieillards, l'art de pratiquer les pansements et les bandages, de préparer les médicaments usuels, etc. 2e édition, en 3 parties séparées.

4° *Bulletin de l'Association.* Paraît tous les mois.

5° Conférence faite à l'Hôtel Continental en 1887, par M. JULES SIMON, de l'Académie française. *Prix :* **O** fr. **50.**

6° *Souvenirs de la guerre de 1870-1871,* Conférence faite au siège de l'Association par Mme Coralie CAHEN. *Prix :* **1** fr.

7° Conférence de M. FRANCK, de l'Institut, sur *le Rôle de la Femme dans les Sociétés modernes. Prix :* **O** fr. **50.**

8° Conférence de M. Alph. GUÉRIN, de l'Académie de Médecine, sur les *Pansements modernes. Prix :* **O** fr. **50.**

9° *Devoirs moraux de l'ambulancière et de la garde-malade,* par M. l'Abbé BARRALLON. *Prix :* **O** fr. **50.**

10° *Historique du rôle de la Femme dans les Sociétés de secours,* par le Dr DELTHIL. *Prix :* **O** fr. **50.**

11° *Fonctionnement d'un hôpital auxiliaire,* par le Dr GRANJUX, Médecin major de 1re classe. *Prix :* **O** fr. **50.**

12° *La vérité sur l'Association des Dames françaises,* par le Dr GRANDVILLIERS. *Prix :* **1** fr.

13° *Le Havre pendant la guerre de 1870,* par Mme POCHET DE TINAN. Conférence. *Prix :* **O** fr. **50.**

14° Conférence faite à Privas, par M. l'Abbé CAILLARD.

15° Conférence faite par M. le Dr BÉNECH, sur *l'Organisation du Service de santé, en campagne.*

ASSOCIATION DES DAMES FRANÇAISES

SECOURS AUX MILITAIRES BLESSÉS OU MALADES

EN CAS DE GUERRE

Et aux Civils dans les Calamités publiques

Siège de l'Association : PARIS, 10, rue Gaillon.

(Avenue de l'Opéra).

CONFÉRENCE

Par M. le Dr BÉNECH

MÉDECIN-MAJOR DE 1re CLASSE,

ATTACHÉ A LA DIRECTION DU SERVICE DE SANTÉ AU MINISTÈRE DE LA GUERRE,

COMMISSAIRE MILITAIRE PRÈS L'ASSOCIATION DES DAMES FRANÇAISES.

SUR L'ORGANISATION DES ARMÉES EN CAMPAGNE

Rôle dévolu au Service de Santé

et aux Sociétés d'assistance aux malades et blessés militaires.

AMIENS

TYPOGRAPHIE PITEUX FRÈRES

32, RUE DE LA RÉPUBLIQUE, 32

1893

CONFÉRENCE

Par M. le médecin major de 1re classe BÉNECH,

ATTACHÉ A LA DIRECTION DU SERVICE DE SANTÉ AU MINISTÈRE DE LA GUERRE,
COMMISSAIRE MILITAIRE PRÈS L'ASSOCIATION DES DAMES FRANÇAISES.

Sur l'Organisation des Armées en Campagne.

Rôle dévolu au Service de Santé
et aux Sociétés d'assistance aux malades et blessés militaires.

MESDAMES, MESSIEURS,

Quand on jette les yeux sur une carte géographique, tout naturellement on aime à rechercher les endroits les plus connus, ou les plus familiers, ou qui sont particulièrement chers; on en suit tous les contours et tous les détails avec la plus affectueuse minutie. — Je ne serais pas surpris qu'il y ait eu quelque chose d'analogue dans le sentiment de Madame la Présidente lorsqu'elle a bien voulu demander à votre commissaire militaire de venir exposer devant vous quel est le fonctionnement général du service de santé en campagne et le rôle que doit jouer l'*Association des Dames françaises* comme auxiliaire de ce service. Mais en même temps elle a voulu aussi vous donner un nouveau moyen de perfectionner encore l'adaptation du fonctionnement de votre société aux exigences du temps de guerre. — Et ce faisant, Mesdames, vous suivez les antiques traditions.

Sans vouloir remonter à ces temps lointains où

tout était divin jusqu'aux douleurs humaines ·

comme dit Musset, je ne puis ne pas me souvenir que le vieux Tacite mentionne que les femmes et les mères des gaulois comptaient les plaies sans s'effrayer et les pansaient elles-mêmes, et qu'à l'époque de la chevalerie il était d'usage de faire entrer dans l'éducation des damoiselles des notions de médecine et de chirurgie pratiques et de leur apprendre plus particulièrement le pansement des plaies ; cela leur servait grandement quand elles lavaient la poussière et le sang dont étaient couverts leurs proches au retour des tournois, ou qu'elles pansaient les chevaliers étrangers qui demandaient asile dans leurs châteaux.

Vous continuez cette tradition, Mesdames, vous êtes l'épanouissement de cette fleur de charité qui pare tous les triomphes et réconforte dans tous les malheurs, fait qu'aux plus sombres jours, en raison même de la grandeur des misères et des souffrances, s'accroît la grandeur de notre tâche et de nos efforts, et nous trouvons que la vie avec toutes ses tristesses vaut encore la peine d'être vécue, car vous empêchez de s'éteindre en nous la flamme de l'espérance.

Je vous demande pardon, Mesdames, de m'être éloigné ainsi de mon sujet, mais vous voudrez bien m'en excuser. Je suis un peu comme les conteurs d'autrefois qui avaient coutume de commencer leur récit par une invocation, et j'avais besoin de me dire à moi-même que vous êtes les bonnes et les miséricordieuses et que vous accorderez quelque bienveillance au conférencier qui est obligé de vous conduire aujourd'hui sur un terrain bien aride, bien ingrat et qui vous est sans doute peu familier.

En effet, j'ai à vous exposer le fonctionnement du service de santé dans les armées en campagne et à bien délimiter la place qu'y doivent occuper les Sociétés de secours. — Mais auparavant je suis dans la nécessité de vous faire connaître, à vous qui n'avez pas vécu de la vie militaire, ce que c'est que l'armée..

L'armée c'est l'organe d'attaque et de défense de la nation, mais l'armée n'est pas toujours en action et instantanément prête à frapper, elle est comme l'arme qu'on laisse au fourreau. — Ce qu'on est convenu d'appeler l'armée permanente n'est qu'une fraction très minime de l'armée nationale ; en effet nous avons seulement trois classes sous les drapeaux sur vingt-cinq, c'est-à-dire un peu moins d'un huitième. — L'armée permanente est la sentinelle qui monte la garde à nos frontières, elle est aussi et surtout la grande école où les jeunes français vont apprendre leur métier de soldat et l'on estime qu'il faut trois ans pour apprendre ce métier, pour les officiers au contraire ce n'est pas trop de toute une vie de travail et d'études pour arriver à se mettre complètement à la hauteur de leur difficile mission.

Mais toujours est-il que l'armée telle que nous avons à la considérer n'est constituée que du jour de la mobilisation.

Eh bien, qu'est-ce que la mobilisation ?

Comment vous expliquer ce mot dont on abuse un peu, et qui emporte avec lui quelque chose de mystérieux et de troublant ? Tenez ! il me vient à l'esprit une phrase qui m'a bien frappé dans ma jeunesse et qui nous permettra de traduire d'une façon assez saisissante ce que je veux exprimer : elle est de Cormenin qui, voulant donner une idée de la centralisation qu'il y avait en France sous le 1er Empire, disait : « L'Empereur veut, le ministre ordonne, le préfet transmet, le maire exécute, le canon gronde et la France est debout ». Aujourd'hui on dirait plus simplement : le parlement veut, le pouvoir exécutif ordonne, le télégraphe marche et la France est debout ; oui, tout le monde est debout, les hommes en état de porter les armes, vous Mesdames qui porterez la Croix rouge, c'est la nation entière se levant pour la défense de la patrie, voilà la mobilisation.

Ainsi définie et comprise, qu'est donc l'armée ? Pour la facilité de l'exposition permettez-moi de me servir d'une comparaison empruntée à mes études journalières et qui n'est pas de nature à vous surprendre, vous Mesdames qui suivez si assidûment les cours d'ambulancières qui vous sont faits. L'armée peut-être comparée à un organisme vivant. Si vous voulez bien, nous allons en faire tout d'abord l'anatomie, puis nous en étudierons le fonctionnement, cela permettra de vous donner, chemin faisant, l'explication de termes militaires dont nous ne saurions nous passer, ce qui donnera à votre esprit non plus seulement une idée vague, mais encore une idée concrète et précise.

L'élément primitif de cet organisme qu'on appelle l'armée est le soldat. — Ces éléments primitifs, j'allais presque dire ces cellules se groupent et se hiérarchisent de manière à constituer des organes de plus en plus complexes dont je vais vous indiquer les plus importants au point de vue spécial qui nous occupe, en prenant pour type les troupes d'Infanterie.

Il y a d'abord la *compagnie*, sous les ordres d'un capitaine ; ce premier groupement est, en temps de paix comme en temps de guerre, comme le centre familial. On nourrit, on habille, on instruit le soldat par compagnie, et nous verrons tout à l'heure comment intervient dans la compagnie l'action du service de santé.

Un certain nombre de compagnies, quatre généralement, constituent le *bataillon*, commandé par un chef de bataillon. On est convenu de dire que le bataillon est une *unité de combat,* c'est-à-dire que c'est par bataillon que se prennent le plus communément les dispositifs du combat, aussi le service de santé a une organisation par bataillon, permettant à ce groupement de pouvoir se suffire à lui-même pour ce qui est des premiers secours, comme j'aurai à vous.le montrer plus tard. — C'est là que nous voyons apparaître tout ce qui est nécessaire pour organiser un poste de secours.

Trois bataillons constituent un *régiment* sous les ordres d'un colonel, qui a à côté de lui un médecin-major de 1re classe, son conseiller technique. Deux régiments constituent une *brigade,* commandée par un général de brigade ; remarquons que le régiment c'est trois bataillons, la brigade, six bataillons, rien de plus ; les commandants de régiment ou de brigade n'ont d'autre rôle, rôle souvent bien difficile du reste, que de traduire le plus exactement possible la volonté du chef, et d'employer le mieux possible les unités de combat, les bataillons sous leurs ordres. Nous avons là des centres moteurs, mais pas d'organe particulier, aussi le service de santé n'est représenté, ni dans le régiment, ni dans la brigade, par des formations sanitaires spéciales, en dehors des éléments des postes de secours.

Mais il n'en est plus de même si nous considérons la *division.* En vous disant tout à l'heure que la division se compose de deux brigades, je vous donnais un renseignement incomplet ; la division est un organe particulier de l'armée, elle est commandée par un général de division, assisté par un état-major chargé de divers services ; il commande non seulement les deux ou trois brigades d'infanterie, mais il a à sa disposition de l'artillerie, de la cavalerie, des formations chargées du ravitaillement, des formations sanitaires, et c'est là que nous voyons apparaître les ambulances et même les hôpitaux mobiles de campagne. — Vous voyez donc que la division est un organe bien distinct, ayant une sorte d'individualité propre ; aussi dit-on quelquefois qu'elle est une *unité tactique.*

Deux ou plusieurs divisions constituent le *corps d'armée,* mais le corps d'armée n'est pas seulement le groupement de plusieurs divisions, comme le régiment est le groupement de plusieurs bataillons ; le corps d'armée est une unité militaire, une unité bien définie, tout comme la division. — En effet le général commandant le corps d'armée est assisté par un état-major spécial ; en dehors de ses divisions il a sous ses ordres directs des troupes de réserve, des formations du service de l'artillerie, des services administratifs et du service de santé ; c'est à côté du commandant de corps d'armée que nous voyons apparaître, avec les directeurs du service du génie, de l'artillerie, de l'intendance, le directeur du service de santé, ayant sous sa direction l'ambulance du quartier général et les hôpitaux de campagnes qui n'ont pas été affectés spécialement à une division.

Enfin plusieurs corps d'armée constituent une *armée*, ici encore je vous répéterai, parce que je ne saurais trop insister là-dessus, qu'une armée n'est pas simplement une réunion de corps d'armée ; avec ce groupement qu'on appelle une armée nous voyons apparaître un service nouveau, le service des étapes, autrement dit le *service de l'arrière*, par opposition à ce que nous avons décrit jusqu'ici et qu'on désigne sous le nom de *service de l'avant*. Qu'il me suffise de vous dire pour le moment que les services de l'arrière ont pour objet d'entretenir les relations de l'armée avec le sol national ; nous aurons l'occasion tout à l'heure d'entrer dans quelques détails à ce sujet, car les formations de vos Sociétés de secours peuvent être affectées à la zone de l'arrière, et qu'il y a là un service de santé fortement organisé, avec un directeur du service de santé des étapes qui aura sous ses ordres toutes les formations sanitaires, qu'elles appartiennent à l'armée ou qu'elles proviennent de la généreuse initiative des sociétés d'assistance.

Enfin le *généralissime* commande l'ensemble des armées nationales.

Voilà d'une manière générale la description de cet organisme qu'on appelle l'armée nationale mobilisée.

Au début des opérations, le généralissime et le ministre de la guerre arrêtent d'un commun accord une ligne de démarcation idéale qui limite sur la carte la zone des étapes : la zone de l'arrière, du territoire national. D'un côté de cette ligne de démarcation, sur le territoire national, tout se passe comme en temps de paix, on applique

les mêmes règlements ; de l'autre côté de cette ligne de démarcation
on applique les *Règlements sur le service en campagne*. Ce règlement
énonce les règles du fonctionnement de l'armée mobilisée telle que
je viens de vous la décrire. — C'est ce règlement qu'il me reste à
.à vous exposer. C'est-à-dire qu'après avoir indiqué l'anatomie de
l'armée, si je puis ainsi parler, vous avoir indiqué sa place, sa topo-
graphie, il reste à voir son fonctionnement, sa physiologie, pour
continuer notre comparaison.

Nous nous bornerons à examiner ensemble le principe général qui
domine le fonctionnement des armées en campagne, et comment il
s'applique au service de santé.

Les règlements du temps de paix sont faits de manière à jeter le
moins de perturbation possible dans notre vie sociale, ils s'adaptent
aussi complètement que possible aux mœurs, aux institutions politiques;
mais en guerre il n'en est plus ainsi. — Quelle que soit la cause de
la guerre, lorsque les nations en armes s'apprêtent à se ruer les unes
sur les autres, nous revenons, au moins d'une manière transitoire, à
ces formes barbares des sociétés où l'on voyait en permanence des
luttes acharnées de peuplade à peuplade, de tribu à tribu, se battant
pour la conquête d'un pays de chasse, ou d'esclaves dont on espère
tirer profit ; on en revient, dis-je, pour un temps à ce qu'on est
convenu d'appeler la forme prédratrice des sociétés. — Or ces sociétés
ne pouvaient vaincre et par conséquent ne pouvaient vivre que sou-
mises au gouvernement autocratique le plus absolu, et qu'à la condition
d'obéir aveuglément aux ordres d'un seul, qui réglait tout pour la
guerre et en vue de la guerre. Ce sont ces principes qui ont fait la
force des armées de la République Romaine : Que le salut du peuple
soit la première loi : *Salus populi suprema lex esto.*

C'est pourquoi, Mesdames, dans l'armée mobilisée le commandement
est le maître des personnes et des choses. Je vous avoue que je n'ai
jamais pu songer sans une sorte de terreur religieuse à cette redou-
table et majestueuse puissance du Commandant en chef. Il est le
maître de notre vie et de nos biens, il crée le droit et il est la justice,
il punit et il récompense qui il veut, quand il veut et comme il veut,
il suffit à sa conscience et à la nôtre qu'il ait voulu le bien de la
patrie. — Il n'est pas nécessaire que j'entre dans de plus longs

détails, et si je me suis fait bien comprendre je vous ai donné la clef *du service en campagne.*

Je vous ai montré la constitution de l'armée, sa place, la caractéristique des lois de son fonctionnement ; il nous reste dans le détail de ce fonctionnement, à étudier la physiologie de cet organisme, pour continuer notre comparaison de tout à l'heure.

De même que notre œil, notre oreille, renseignent le cerveau sur les dangers qui peuvent venir du dehors et permettent de prendre les mesures d'attaque et de défense nécessaires, de même le service d'exploration et de sûreté est assuré par la cavalerie ; les diverses reconnaissances renseignent le Commandement, qui prescrit les mouvements de troupes nécessaires, et donne les ordres de combat. — Mais, de même que dans l'organisme il y a des fonctions qui s'exécutent sans l'intervention de la volonté, telle que la digestion après le repas, de même il y a toute une série de fonctions dans l'armée qui s'exécutent sans qu'un ordre spécial du Commandement soit nécessaire ; ce sont ces fonctions qui sont réglées précisément par le *service en campagne*, qui préside au fonctionnement des divers services de l'armée, et du service de santé en particulier.

Or voici, dans les grandes lignes, comment agit le service de santé.

Si vous avez conservé quelque souvenir de ce que j'ai eu l'honneur de vous dire tout à l'heure, vous vous rappelez qu'à la tête de chaque armée il y a un Commandant en chef ; à côté de lui se trouve un médecin inspecteur, qui a la haute direction de tous les services médicaux et qui renseigne à chaque instant le Général en chef sur l'état sanitaire des troupes et lui propose les mesures à prendre concernant l'hygiène ; en descendant, nous trouvons, à côté du Commandant de corps d'armée, un directeur du service de santé, qui est le conseil technique du général ; il a sous ses ordres l'ambulance du quartier général qui est une formation sanitaire de réserve, des hôpitaux de campagne eux-mêmes destinés à relever les ambulances et à les rendre rapidement disponibles.

A côté du général de division, nous avons le médecin divisionnaire qui a sous ses ordres l'ambulance divisionnaire et est chargé de la haute direction technique des postes de secours ; nous verrons tout à l'heure ce qu'il faut entendre par postes de secours.

Dans les régiments qui composent la division un médecin-major de 1re classe est chef du service médical ; il est le conseil du colonel, et a la direction du service des régiments et des postes de secours.

Chaque bataillon a un médecin doublé d'un médecin auxiliaire ayant avec lui la voiture médicale du bataillon, c'est-à-dire le matériel nécessaire pour installer les postes de secours, donner les premiers soins aux blessés derrière la ligne de feu, comme aux malades qui se présentent pendant les marches ou en station.

Le service de santé pénètre encore plus profondément ; dans la compagnie, cette unité familiale dont je vous parlais tout à l'heure, se trouvent un infirmier et quatre brancardiers, et ce personnel qui est pourvu de quelque matériel est apte, en bien des cas, à donner les premiers secours et à parer aux premiers besoins. — La pénétration du service de santé s'étend plus loin encore, et va jusqu'au soldat isolé ; ici la différentiation n'est plus possible, l'agent combattant et l'agent sanitaire se confondent dans le même individu, chaque soldat est porteur du sachet individuel de pansement dont il doit se servir.

Voilà, Mesdames, d'une manière générale, l'organisation du service de santé, hiérarchisé comme l'armée elle-même, étendant son action permanente depuis le général en chef jusqu'au simple soldat, prêt à répondre au premier appel.

Quel est le rôle du service de santé ? Mon Dieu ! je vous prie de m'excuser et vous demande la permission de parler encore en médecin ; le service de santé c'est *la force médicatrice* de l'armée, pour employer une vieille expression. En effet, un système de protection met le corps à l'abri de la pénétration des souillures et des poisons ; si malgré tout un corps étranger pénètre avec effraction, ou il s'immobilise, s'enkyste, comme une balle de révolver longtemps conservée dans le corps, ou bien il est éliminé et rejeté au dehors par la suppuration.

Voilà le rôle du service de santé, il conserve les effectifs de l'armée, par les mesures d'hygiène, il la protège contre les maladies qui peuvent venir du dehors, et atténue les effets de la fatigue.

Si une affection contagieuse vient, en dépit des précautions prises, à se montrer sur quelques points, pour l'empêcher de se répandre, il isole, il enkyste, si je puis ainsi parler, les contagieux dans un hôpital à destination spéciale et prend toutes les mesures de police sanitaire.

Que s'il s'agit au contraire de malades qui peuvent se transporter au loin, comme il faut surtout alléger l'armée, lui laisser toute sa mobilité, on évacue le malade au loin, pour qu'il cesse d'être une gêne et un embarras, et c'est surtout aux jours de bataille qu'est impérieuse cette nécessité d'éloigner les blessés, coûte que coûte, et de les envoyer sur les points d'évacuation. — Les formations sanitaires de première ligne, poste de secours et ambulance, doivent être des ateliers de triage et d'emballage ; on n'a pas le droit de s'attarder à faire des opérations qui ne sont pas absolument urgentes et qui se peuvent remettre, il faut songer avant tout qu'il y a d'autres blessés qui attendent, et que l'armée doit être rapidement prête à marcher en avant accompagnée de ses formations sanitaires.

Vous reconnaîtrez avec moi, Mesdames, que ce que je viens de vous dire vous montre le médecin militaire sous un jour un peu particulier et vous prouve que la pratique du temps de guerre est absolument différente de celle du temps de paix ; que là encore apparaissent les inflexibles règles qui régissent le service en campagne ; ce qui a fait dire à je ne sais qui cette boutade, qu'il ne faudrait pas prendre au pied de la lettre mais qui contient un grand fond de vérité : « en guerre les malades ont toujours tort » ; ce qui exige pour le service de santé des études et une technique spéciale.

Mais là ne se bornent pas les devoirs particuliers au médecin de l'armée ; quand on se représente un médecin militaire, on revoit volontiers en imagination un tableau de bataille des galeries de Versailles : on aperçoit le médecin en giberne rouge, une sœur de charité à côté de lui, pansant un blessé au milieu des morts et des affûts brisés qui jonchent le champ de bataille, et volontiers l'on se réciterait à soi-même ces vers de Richepin parlant du médecin militaire :

> « Son cœur se gonfle au vent des gloires militaires

mais

> » . . . . il doit refuser
> » La bataille qui s'offre à son rouge baiser,
> » Car pour lui, pour lui seul, combattre c'est trahir.
> » Son devoir veut qu'il soigne, héroïque mais calme,
> » Jusqu'à son ennemi qu'il ne peut pas haïr. »

C'est vrai ! cela est notre gloire et notre fierté, mais nous avons d'autres devoirs, non moins glorieux, quoique accompagnés de moins d'éclat et de moins de fanfares, si je puis ainsi parler.

Je ne veux pas insister ici sur les épidémies qui peuvent frapper l'armée et qui frappent d'une façon si meurtrière tous ceux qui se vouent aux soins des contagieux ; vous les connaissez, Mesdames, vous qui venez sur ces champs d'un nouveau genre partager nos dangers et notre honneur.

Mais nous avons d'autres devoirs, nous médecins militaires. — Il faut que nous sachions faire taire à l'occasion notre amour du métier, nos plus nobles instincts professionnels, si je puis ainsi parler. Un blessé est devant moi, l'opération à faire est brillante. Je serais si heureux de la tenter. C'est à moi que cet homme devrait la vie peut-être ! eh bien, non, je n'ai pas le droit d'intervenir, cette opération n'est pas urgente, le blessé peut attendre, qu'il aille se faire sauver par un autre, à un autre les joies professionnelles des opérations heureuses. — Je dois ce sacrifice, non des moindres, car il faut que le soir l'ambulance parte et suive la division.

Au milieu de ses préoccupations le médecin militaire, chef d'une formation de l'avant, doit lire l'ordre du général, deviner sa pensée, provoquer de son initiative les mesures utiles, faire partir l'ambulance en passant par telle route pour aller à tel endroit, et en conséquence donner tous les ordres utiles à l'officier du train, à l'officier d'administration, à l'officier d'approvisionnement, pour que la formation soit munie de tout ce qui lui est nécessaire en vivres, médicaments, fourrages et soit prête à partir à l'heure dite.

Mais, direz-vous, pourquoi vous imposer semblables préoccupations. Pourquoi ne pas laisser l'officier du train conduire ses chevaux et ses voitures, l'officier d'administration s'occuper comme il l'entend de ses approvisionnements et du matériel. Pourquoi ne restez vous pas un professionnel avec votre science médicale pure, agissant seulement en médecin et rien qu'en médecin ? Ce n'est pas possible. Nous avons fait la cruelle expérience de ce régime ; il a fallu y renoncer, et vous allez comprendre pourquoi, si vous voulez me permettre un rapprochement bien naturel.

Demandez aux chirurgiens qui sont ici et m'ont fait l'honneur de venir m'entendre, la réponse qu'il vous feront si vous leur faites la proposition suivante : « Vous allez faire demain une de ces grandes opérations qui sont la gloire de la chirurgie moderne et vous confie- rez à n'importe qui le soin de préparer vos instruments ; ce seront d'autres que vous, indépendants de vous, qui répondront de l'aseptie, de l'antiseptie des instruments et des objets de pansements. » Chacun de ces chirurgiens vous dira : « Je réponds de la vie du malade, j'ai la responsabilité, je veux la conserver entière, et donner tous les ordres qui seront nécessaires ! »

Voilà pourquoi, Mesdames, il n'est pas possible que les médecins ne soient pas les seuls responsables, et par suite les maîtres dans les formations sanitaires, voilà pourquoi il est indispensable d'avoir un corps technique parfaitement organisé et instruit dès le temps de paix, capable de fournir des chefs à ces formations. Voilà pourquoi il n'est pas possible que nous disions : Au moment de la guerre, nous appellerons dans ce service toutes les bonnes volontés, elles ne nous manqueront pas ; ces hommes de bonne volonté sauraient peut-être leur métier à la fin de la guerre, mais à coup sûr pas au commen- cement, au moment décisif des premières batailles. Voilà pourquoi, Mesdames, il faut que la direction des formations sanitaires de l'avant soit et reste confiée aux médecins militaires.

Que faut-il entendre maintenant par service de l'arrière ?

Voici un tableau qui vous présente d'une manière *schématique* l'emplacement des formations sanitaires du service de l'avant et du service de l'arrière ; vous y voyez les postes de secours, les ambulan- ces, les hôpitaux de campagne, que vous voyez plus ou moins éloignés des ambulances, les uns destinés ce jour-là à renforcer, à relever ces formations, les autres tenus plus en arrière, loin des fluctuations de la bataille, ou réservés à des destinations spéciales ; puis nous arrivons dans la zone de l'arrière. Je dois vous prévenir qu'ici on n'a pu garder exactement les proportions, et qu'on a dû réduire la partie inférieure.

Dans cette zone de l'arrière fonctionne le service des étapes, chargé de relier les troupes combattantes avec le territoire national. Ce service des étapes est le grand régulateur de la circulation qui se fait entre le territoire national et l'armée combattante, c'est lui qui assure les échanges, aux sens médical et physiologique du mot ;

par ses soins s'éliminent les objets, les matériaux hors d'usage, les hommes blessés ou malades ; c'est par lui qu'arrivent les vivres, les munitions, les hommes destinés à combler les vides dans les diverses unités de combat. Ce service des étapes d'une armée est commandé par un officier général ayant pour auxiliaires des directeurs des différents services, tout comme un commandant de corps d'armée.

Comme vous le voyez, en jetant un coup d'œil sur ce tableau, on entre dans la zone des étapes, c'est-à-dire on quitte la zone de l'avant pour pénétrer dans celle de l'arrière, en entrant à la station *tête d'étapes de route.* Puis vous voyez plus loin un point marqué *station tête* d'étapes de guerre. Pour aller de la première à la seconde les convois se font sur route ; à partir de la seconde de la tête d'étapes de guerre, les transports ont lieu par chemin de fer. On pourra aussi utiliser les canaux et les rivières navigables, où l'on emploiera les bateaux aménagés, tout comme on emploie des voitures de réquisition ou des wagons munis de leurs appareils de transport. Remarquez d'ailleurs que la station tête d'étapes de guerre ne peut pas être établie à une gare quelconque, il est nécessaire qu'elle soit installée dans une gare assez importante pour avoir des moyens d'exploitation suffisants. La distance entre la tête d'étape de routes et la tête d'étape de guerre, est essentiellement variable, et l'on peut admettre qu'elle atteindra parfois cinq à six étapes, c'est-à-dire plus de cent kilomètres, qu'on devra nécessairement parcourir en voitures de réquisition aménagées. Or songez qu'une *armée* peut un jour de bataille vous donner quatre ou cinq mille hommes à évacuer ; si vous remarquez qu'une voiture de réquisition ne peut transporter que quelques blessés couchés, il faudrait de huit cents à mille voitures et peut-être plus, selon le type de véhicules dont on pourrait disposer, cela nous fait voir qu'il faudrait peut-être une huitaine de jours pour opérer tous ces transports. Or je ne veux pas ici étudier dans ses détails toutes les difficultés que présente cette situation. Ce que je viens de vous dire suffira à vous faire comprendre ce qui me reste à vous dire. C'est que le service des évacuations, à la fois si important et si particulièrement difficile, doit rester absolument sous la direction de l'autorité militaire et être dirigé par les officiers du cadre actif le plus spécialement préparés.

Mais, comme bien vous pensez, ces transports de blessés ne vont pas sans transbordement, sans opérations de triage, sans renouvellement de pansement, il faut donc de véritables *salles d'attente* hospitalières, où les malades puissent recevoir les soins nécessaires et attendre la formation des convois qui ne saurait être instantanée; c'est pourquoi aux têtes d'étapes, soit de route, soit de guerre, se trouvent des hôpitaux *dits d'évacuation ;* ces hôpitaux, vous le devinez sans peine, auront une lourde tâche à remplir, aussi sont-ils dirigés par des médecins militaires du cadre actif; ils constituent un véritable service de guerre, exigeant une précision, une habitude professionnelle qu'on ne saurait raisonnablement demander aux éléments venus de la vie civile.

Mais il faut prévoir qu'à un moment donné le rendement des lignes d'évacuation par *convoi d'évacuation*, c'est-à-dire par voie de terre, ne sera pas suffisant pour l'écoulement régulier de l'avant vers l'arrière, alors il se produira, si je puis ainsi parler, quelque chose d'analogue à une *stase* sanguine, il faudra donc, coûte que coûte, hospitaliser les blessés pour un temps plus ou moins long, c'est là qu'interviendront d'une manière tout à fait efficace les hôpitaux auxiliaires de campagne organisés par les Sociétés d'assistance. Vous voyez que vous venez là jusqu'à l'extrême limite, derrière les armées, mais en définitive vous y accomplissez un service de territoire, car dans ces hôpitaux temporaires tout se fait en définitive comme si le blessé était entré dans un hôpital à Quimper ou à Bordeaux.

Dès que les blessés seront arrivés à la tête d'étape de guerre, des trains sanitaires, soit *permanents*, c'est-à-dire constitués dès le temps de paix, soit *improvisés*, c'est-à-dire constitués à l'aide du matériel courant des compagnies, aménagés à l'aide d'appareils qui sont tout prêts dans nos magasins, nous permettront de transporter très régulièrement et relativement très facilement nos blessés jusqu'à l'*hôpital de répartition.*

On donne ce nom à des hôpitaux établis sur le territoire, où les blessés sont déposés comme dans une salle d'attente hospitalière, pour être répartis, d'après les ordres du directeur du service de santé de la région, dans les divers hôpitaux qu'il a sous sa haute direction. — Ces hôpitaux de répartition peuvent aussi être organisés par les Sociétés d'assistance.

Mais dans ces mouvements la route à parcourir peut être très longue, et un blessé ne peut aller de la frontière Lorraine à Bayonne, par exemple. Aussi, de même que l'on trouve, le long des lignes, des buffets qui permettent aux voyageurs de se réconforter, que l'on a imaginé des wagons-restaurants attelés dans les trains de voyageurs, on a dû songer à organiser quelque chose d'analogue pour nos trains sanitaires. C'est pourquoi nos trains sanitaires permanents ont avec eux, non seulement un personnel de médecins et d'infirmiers, mais encore un wagon-cuisine qui permet, en cours de route, la préparation des aliments.

Les trains sanitaires improvisés, qui peuvent porter jusqu'à quatre cents blessés, ont également un personnel de médecins et d'infirmiers, mais pour eux on a jalonné la route de véritables *buffets sanitaires* qui portent le nom d'infirmeries de gares et qui sont chargés de préparer les aliments nécessaires, de fournir les secours médicaux extraordinaires, de recevoir les malades qui ne pourraient continuer le voyage ; de même les convois qui marchent par voie de terre ou par voie fluviale trouvent des infirmeries de gîte d'étape qui remplissent le même but. Ces infirmeries, ces buffets sanitaires sont également organisés par les Sociétés d'assistance et en particulier par *la Société française de secours aux blessés.*

Il n'entre pas dans notre sujet d'étudier le détail du fonctionnement de ces divers organes, nous n'avons ici qu'à les définir, à signaler leur rapports réciproques, et nous en aurons assez dit quand je vous aurai rappelé que vous avez à installer des hôpitaux sur les divers points du territoire, pour y recevoir définitivement les malades et blessés jusqu'à ce que leur situation sanitaire soit complètement liquidée.

Vous voyez donc, Mesdames, combien j'avais raison de vous dire que vous n'aviez à organiser que des services de territoire, mais vous voyez aussi combien ces services sont importants. Vous nous permettez de garder disponibles pour notre service de l'avant nos médecins, nos infirmiers et notre matériel. Mais laissez-moi vous dire que si l'on n'examinait que ce côté de la question on se ferait une idée bien mesquine et bien étroite. Car enfin, au jour de la mobilisation, le service de santé disposera de plus de 7000 médecins, d'une

cinquantaine de mille hommes de troupe, d'un matériel en propor-
tion, et l'on pourrait trouver qu'une société d'assistance n'apporte
qu'un assez faible appoint, non pas négligeable certes, mais enfin on
pourrait concevoir qu'il serait possible de trouver, dans les services
auxiliaires, les infirmiers nécessaires au service des formations dont
vous êtes chargées ; quant au matériel, la France a dépensé des
milliards pour refaire son matériel de guerre, elle trouverait bien
quelques millions de plus pour parfaire son matériel sanitaire de
campagne. Mais ce que l'on ne saurait avoir avec de l'argent, c'est
la puissance morale que nous apportent les sociétés d'assistance,
force morale dont on ne saurait s'exagérer l'importance, qu'on la con-
sidère dans le temps de paix comme dans le temps de guerre.

En effet vous sentez bien, Mesdames, que lorsque nous ferons la
guerre, les canons et les fusils que nous avons ne vaudront peut-être
pas mieux que ceux de nos ennemis, les méthodes de combat seront
à peu près les mêmes, et ce qui donnera la victoire à l'un où à l'autre
des adversaires ce sera le courage, l'ardeur, les qualités d'âme et de
cœur apportées dans la lutte. Eh bien ! ces qualités d'âme, dont le
germe est fort heureusement en nous, ont besoin d'être cultivées,
exaltées par nos efforts comme par nos exhortations réciproques.
Tenez, par le fait seul que nous sommes ici réunis, cherchant à nous
instruire pour mieux faire notre devoir, élevant nos cœurs vers cette
grande idée de Patrie, est-ce que nous n'en sortirons pas tous un peu
meilleurs, aimant un peu mieux notre pays et par conséquent un peu
plus forts, et à cette occasion, laissez-moi vous le dire, lorsque je vois
en entrant chez vous flotter votre drapeau blanc à croix rouge, j'ai
comme un regret de ne pas voir à côté et au dessus de lui le drapeau
de notre nation ; car j'estime que vous êtes, Mesdames, un peu comme
les prêtresses antiques qui entretenaient le feu sacré sur l'autel,
et je trouve que notre drapeau national a les plis assez larges pour
abriter toutes les croix rouges, tous les enthousiasmes et tous les
dévouements.

Voulez-vous que nous prenions un exemple, que je vous montre
combien puissante peut être votre force morale. Supposons qu'en temps
de guerre une famille anxieuse, au lendemain d'un combat, veuille à
tous prix avoir des nouvelles de l'un des siens. Que faire ? Attendre

que la liste des morts et disparus ait été affichée ? S'adresser au bureau de renseignements ? Celui-ci répondra, par exemple : En réponse à votre lettre en date du..... j'ai l'honneur de vous informer que le n°..... Un tel, n° matricule tant, de tel régiment, est mort le ..... suite d'un coup de feu..... à l'hôpital auxiliaire de.....

Connaissez-vous rien de plus navrant que ce papier administratif, froid comme un couperet de guillotine, et cependant le bureau ne saurait mieux faire, on ne peut lui demander que l'exactitude et la célérité, mais cette nouvelle, annoncée avec cette sécheresse officielle, rendra plus cruel encore le désespoir de la famille, et la mère ne saura que pleurer et se désoler.

Mais si, au lieu de cela, la mère reçoit de l'une de vous, Mesdames, une lettre particulière, car une mère ne comprendra jamais que le cas de son fils ne soit pas un cas particulier, dont les détails sont connus de tous ; si vous lui dites : votre fils a reçu telle blessure à tel combat, et il est mort en brave, sa dernière pensée a été pour vous et pour sa patrie. Eh bien, le résultat sera tout autre, cette mère dira: Mon fils est mort en héros, qu'ils sachent mourir aussi, les autres, et loin de pousser à la désespérance, elle réclamera les luttes héroïques, et la victoire comme consolation et comme suprême honneur pour la mémoire de celui qu'elle a perdu.

Ce que je viens de vous dire suffit amplement, Mesdames, à vous faire comprendre l'importance matérielle et morale des sociétés d'assistance aux blessés. Il me reste à vous donner une idée des diverses formations dont vous aurez à assurer le fonctionnement. Je n'ai pas l'intention d'entrer dans des détails qui font plus particulièrement l'objet de l'enseignement que vous recevez, il n'entre dans le programme de cet entretien que de vous montrer la place qu'occupent les formations installées par votre Association. Cependant il me paraît utile de vous entretenir quelques instants du fonctionnement général des formations sanitaires de l'arrière.

Vous avez donc, Mesdames, à organiser plus spécialement des hôpitaux auxiliaires de campagne et des hôpitaux auxiliaires régionaux ; les premiers iront dans la zone des étapes de nos armées rendre disponibles les hôpitaux de campagne, les seconds recevront sur le territoire les malades et blessés venus du théâtre de la guerre.

Je ne vous donnerai pas la nomenclature du matériel nécessaire, cette énumération serait fastidieuse et vous recevrez des petites brochures imprimées vous donnant tous les renseignements utiles. Je n'ai pas davantage à vous dire ce que vous aurez à faire comme ambulancières. Vous le savez, c'est le cas de le dire, aussi bien que moi. J'ai lu avec beaucoup d'attention votre cours d'ambulancières, que je dois à l'amabilité de votre secrétaire général ; j'ai été vraiment émerveillé, car tout ce que vous avez besoin de savoir est expliqué dans ces petits livres avec la plus grande clarté et la plus grande précision.

La comptabilité de ces établissements n'a rien qui doive vous effrayer, rien n'est plus simple : vous notez ceux qui entrent, ceux qui sortent, et envoyez tous les jours le mouvement des malades au Directeur du service de santé ; on règle en fin de trimestre, on vous donne même des acomptes en fin de mois, si besoin est. Vous établissez votre facture, tant de journées à tant, on l'acquitte et tout est dit. Il y aurait encore quelques points spéciaux à vous signaler au point de vue de la comptabilité, par exemple la destination à donner aux effets et valeurs laissés par des décédés, mais ce sont des détails qui ne seraient pas à leur place ici.

Toutefois je vous demande la permission, Mesdames, d'insister ici sur un point particulier qui vous permettra de vous rendre un compte plus précis de ce que vous avez à faire dès aujourd'hui, pour préparer la bonne organisation des services dont vous serez chargées en temps de guerre. Pour bien préciser les idées, supposons que vous vouliez établir un hôpital auxiliaire à Chaumont ; je voudrais vous voir faire dès aujourd'hui, je ne dirai pas un journal de mobilisation, le mot serait peut-être trop ambitieux, mais tout au moins un plan méthodique de l'organisation projetée. Vous écrivez : l'hôpital sera installé dans tel local, ici nous mettrons la cuisine, là la buanderie, et à tel autre endroit l'étuve à désinfection, la lingerie dans telle salle, les fiévreux seront placés dans telles pièces, et les blessés dans telles autres. Maintenant le mobilier ; il s'agit d'installer le cabinet du médecin ou celui de la Dame ambulancière qui a la gestion de l'établissement ; on inscrit que Madame une telle se charge de fournir cet ameublement, qui est constitué conformément à un état annexé au projet, on le prendra chez elle, telle rue, tel numéro ; dans telle salle il faudrait tant de lits, on les prendra chez les personnes dont la liste est jointe, et de même pour tout le reste. Notez les marchands chez qui vous pourrez acheter les objets dont l'achat est prévu au moment de la guerre et quels objets ; de manière que, le moment venu, le chef de cet hôpital, ne fût-il désigné que de la veille, n'ait qu'à ouvrir son carnet pour savoir où trouver son personnel, son matériel, et connaître les instructions qu'il devra donner à chacun. Tout se fera ainsi avec ordre et méthode, et par conséquent très rapidement ; croyez m'en, rien ne remplace une organisition sérieuse et mûrement réfléchie ; rien, pas même les enthousiasmes effervescents qui accompagnent les explosions de patriotisme, au début d'une guerre.

Quand votre carnet sera établi, faites signer les organisateurs qui l'ont établi, faites émarger les donateurs éventuels ; non pas que je veuille dire que la parole donnée n'est pas suffisante en soi, que la signature donnée doive ajouter plus de valeur à la promesse faite, mais parce que le fait d'avoir collaboré effectivement à un projet, d'y avoir mis la main, d'avoir signé au procès-verbal, constitue une adhésion plus intime, plus efficace, et qu'on s'intéresse d'autant plus à une œuvre qu'on y a mis plus de soi-même.

Pour vous préparer, dès le temps de paix, à la gestion des hôpitaux auxiliaires, il existe une méthode aussi simple qu'efficace et peu coûteuse. Il n'y a qu'à imiter ce qui se fait dans les écoles, lorsqu'on veut apprendre aux enfants la tenue des livres. Le maître dit : nous allons supposer que nous ouvrons une maison de commerce, voici le compte caisse, le compte marchandises générales, etc., et l'on donne ses ordres d'achat, de vente, l'on tire des traites. Vous n'avez qu'à supposer l'hôpital auxiliaire et à établir toutes les pièces comptables prescrites par les règlements. — Par cette méthode vous seriez certaines de pouvoir faire fonctionner du jour au lendemain une formation sanitaire. Pour ce qui est de la préparation dès le temps de paix au service médical proprement dit, il semblerait au premier abord qu'il m'appartiendrait, à moi médecin, de vous en entretenir avec quelques détails. Eh bien ! je n'ai rien à vous dire sur ce point, ce qui est nécessaire vous a été dit, et très bien dit ; quant à la pratique, je sais ce que vous avez l'intention de faire et qu'avant peu vous ouvrirez un hôpital d'instruction.

Maintenant un simple mot pour finir ; à la suite des malheurs de la guerre, espérons que cela n'arrivera pas, mais enfin il le faut prévoir, un de vos hôpitaux auxiliaires de campagne pourrait tomber au pouvoir de l'ennemi. Dans ce cas vous êtes protégées par la convention de Genève et vous pouvez être rapatriées. Eh bien ! recommandez bien à tous les vôtres de ne jamais quitter leurs blessés à moins d'y être contraints par force. Si vous saviez combien ces malheureux se sentent consolés à être soignés par des compatriotes ! restez-là pour soulager ces misères morales et atténuer cette clameur de souffrance qui viendra par dessus la frontière blesser au cœur sur le territoire ceux qui sont restés, et si j'en avais besoin, Mesdames, je ferais appel au témoignagne de celle d'entre vous qui a parcouru les forteresses allemandes, portant les secours et les consolations d'une compatriote à nos malheureux prisonniers.

N'oubliez jamais, Mesdames, l'influence énorme que vous avez et que vous aurez toujours sur le moral de nos soldats et de la nation, et qu'à ce point de vue, c'est de vous que dépend, pour une large part, le succès de nos armées.

Je termine ici ce long entretien, je souhaite d'avoir su vous faire comprendre quel est, dans son ensemble, le fonctionnement du service de santé militaire, et le rôle spécial des sociétés d'assistance qui en font partie ; si ce que nous avons dit ici permet de sauver plus tard une vie humaine de plus, où même seulement de sécher une larme, ni vous ni moi n'aurons tout à fait perdu notre temps.

AMIENS. — IMPRIMERIE PITEUX FRÈRES.

3 0

www.ingramcontent.com/pod-product-compliance
Lightning Source LLC
Chambersburg PA
CBHW070909200626
46818CB00006BA/2452